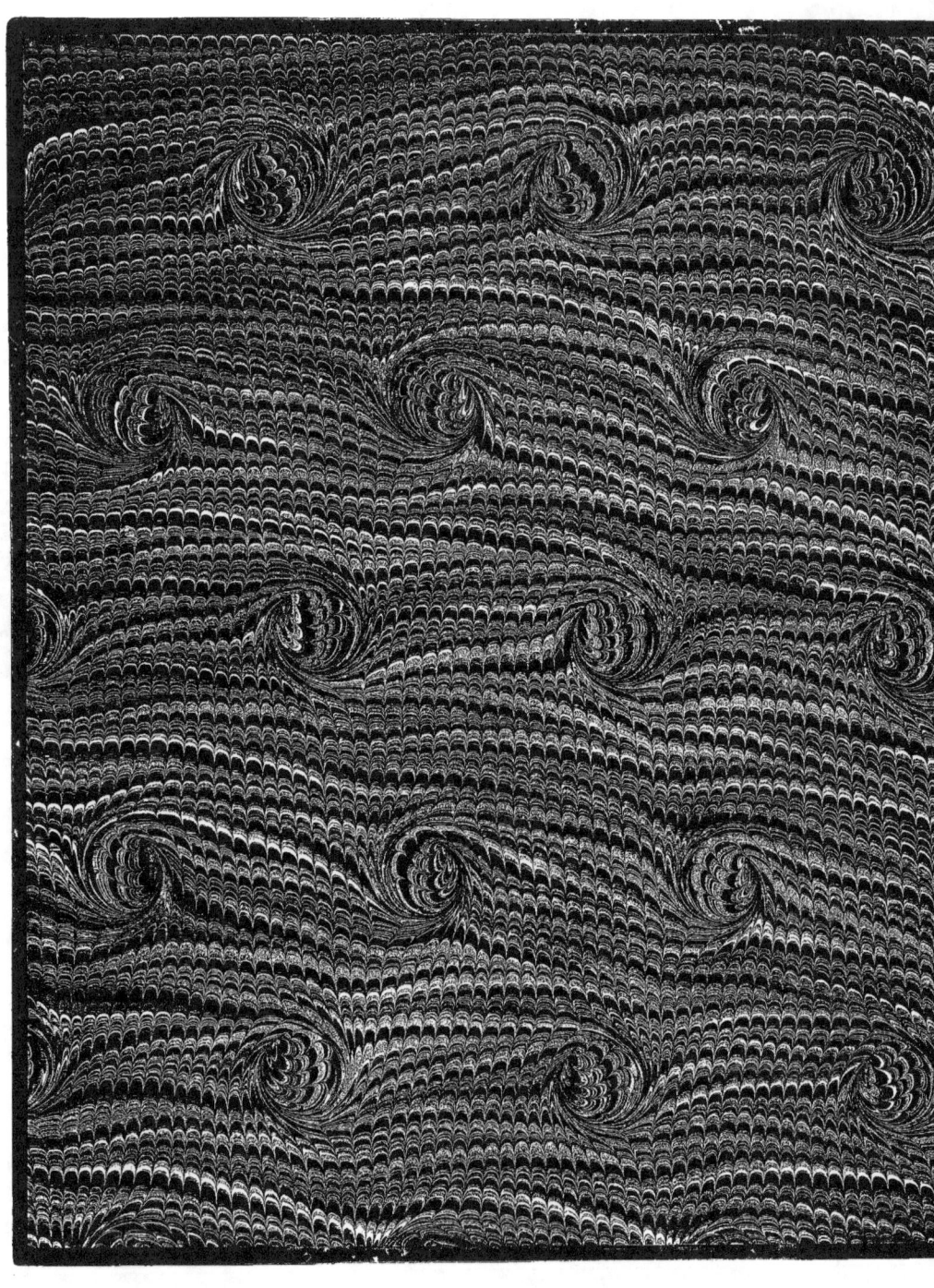

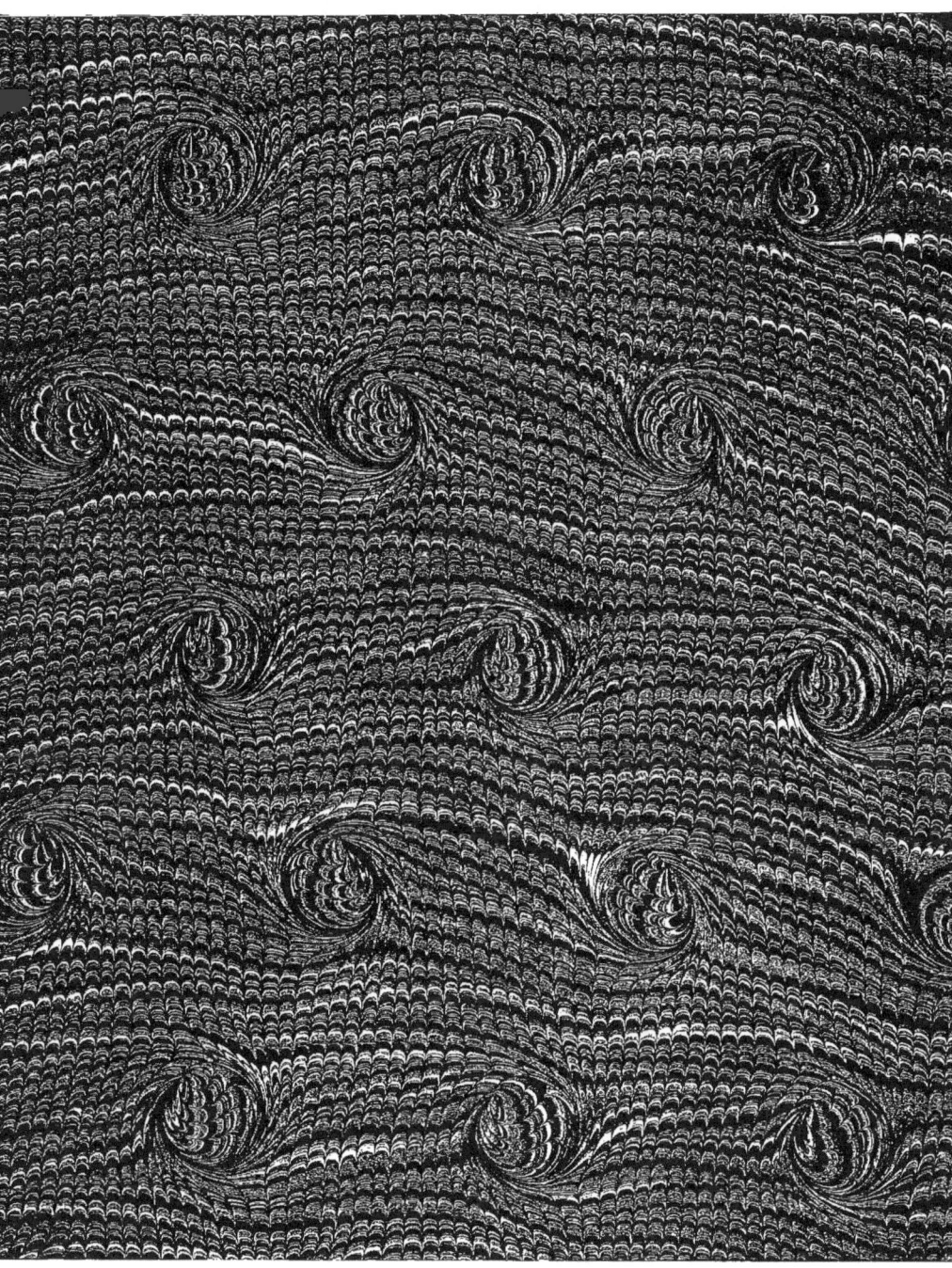

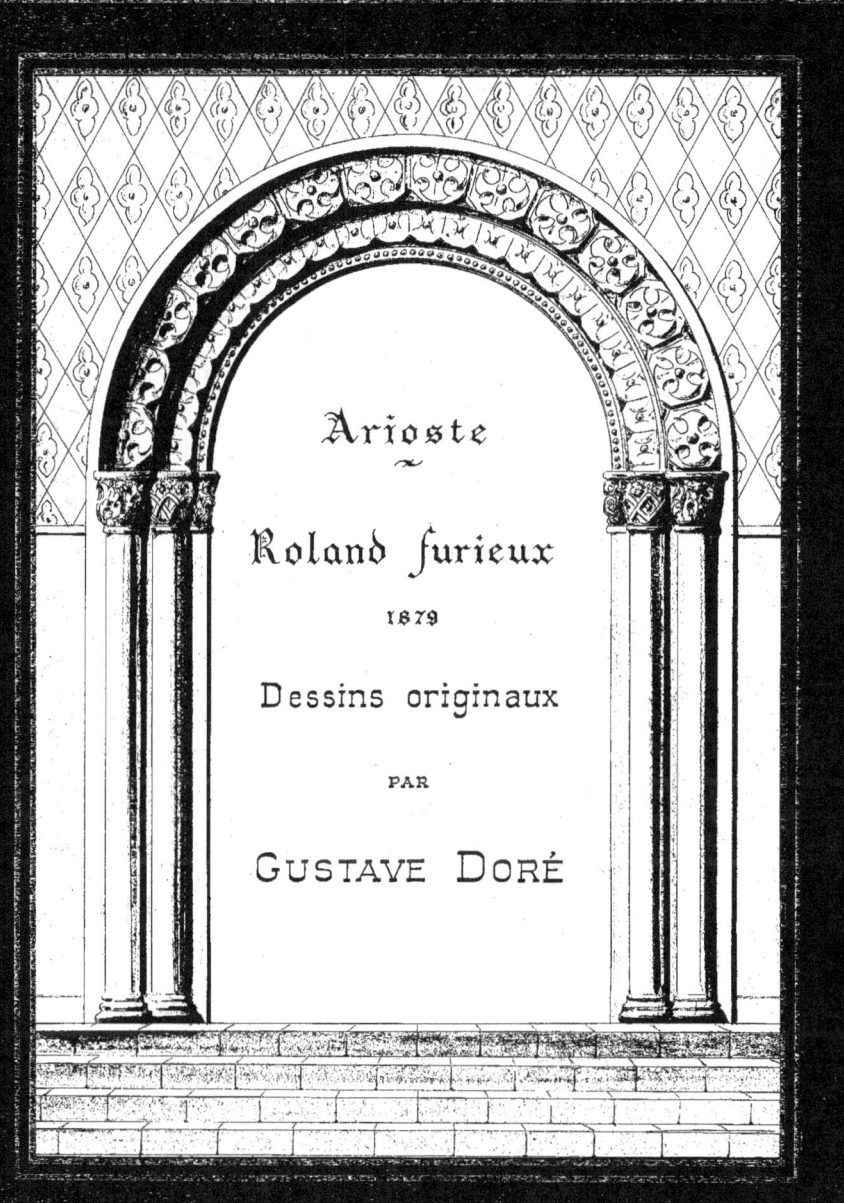

Arioste

Roland furieux

1879

Dessins originaux

PAR

GUSTAVE DORÉ

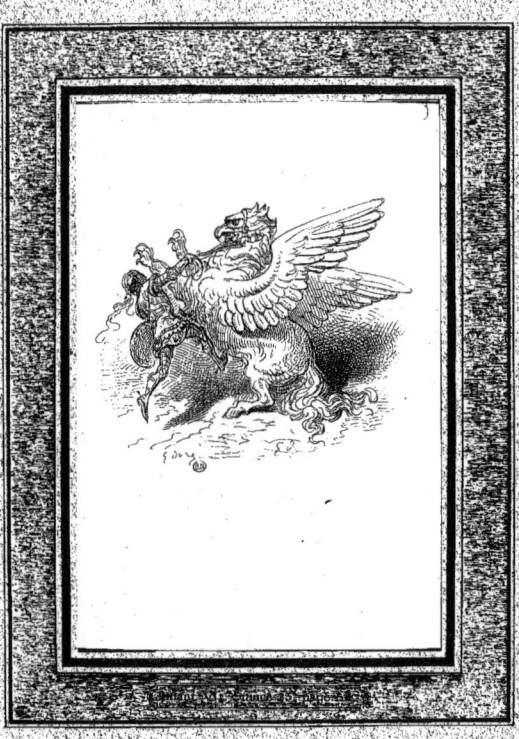

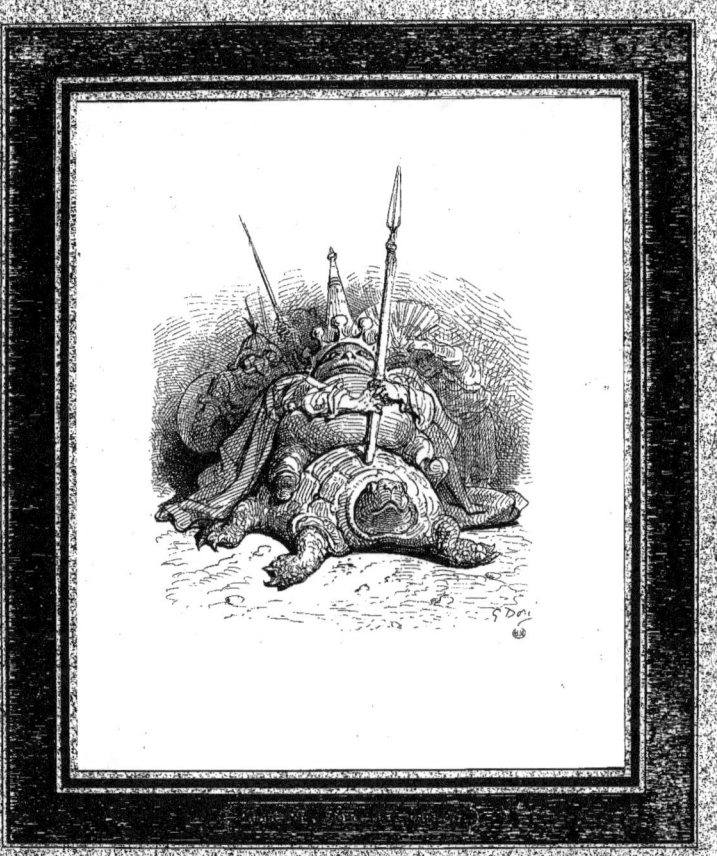

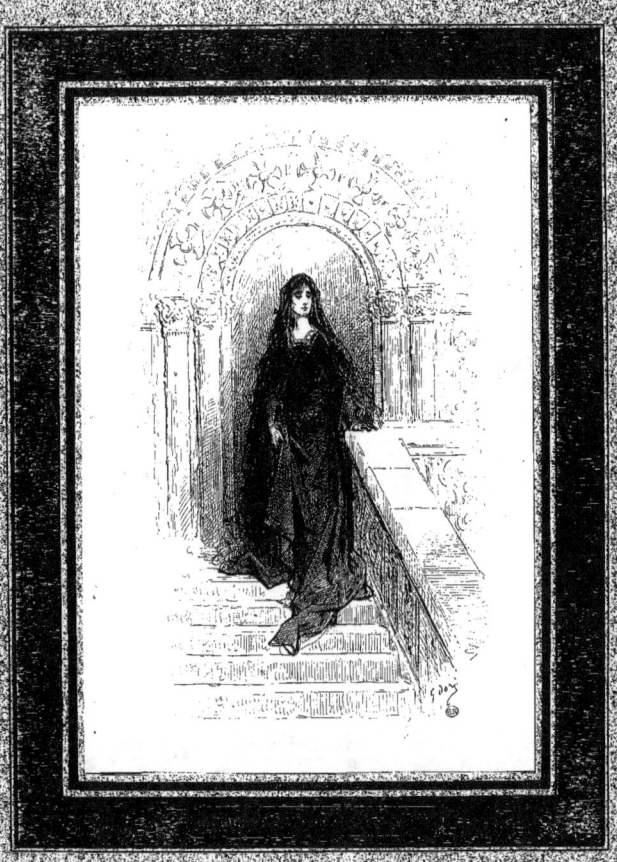

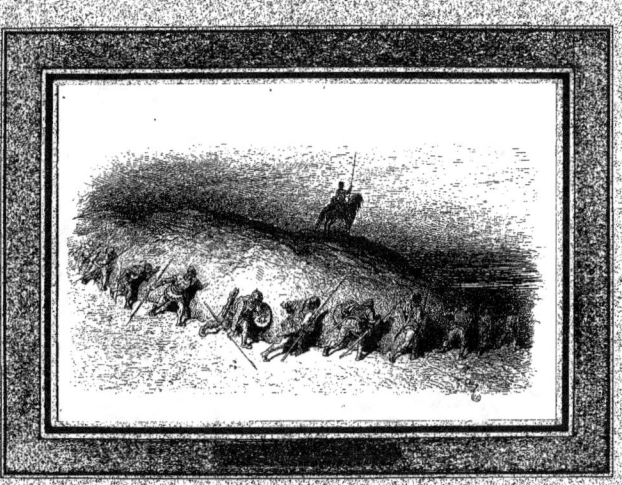

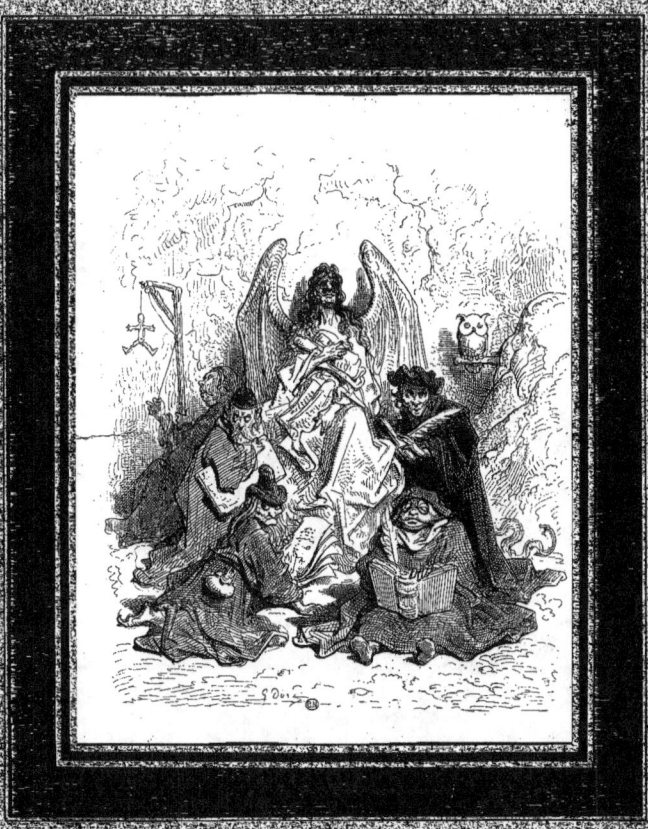

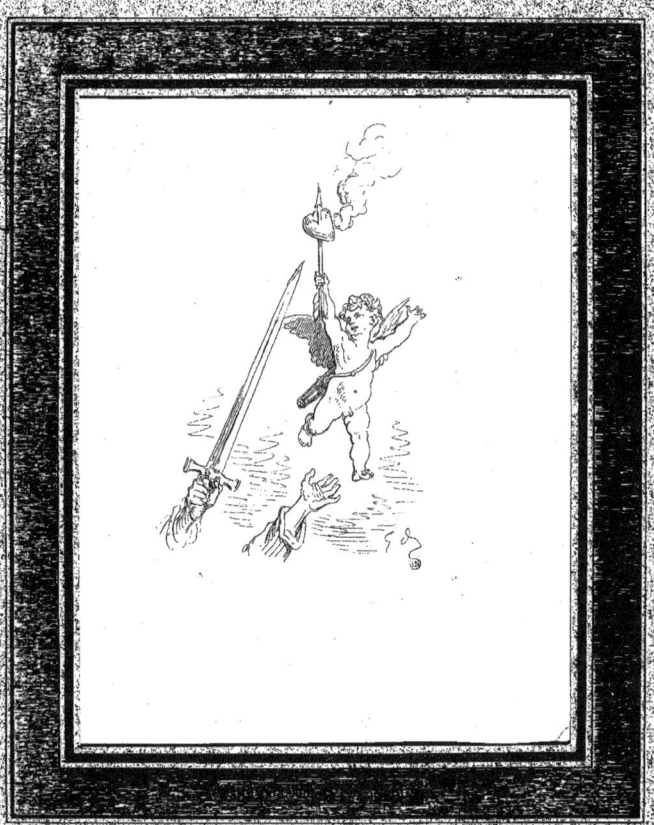

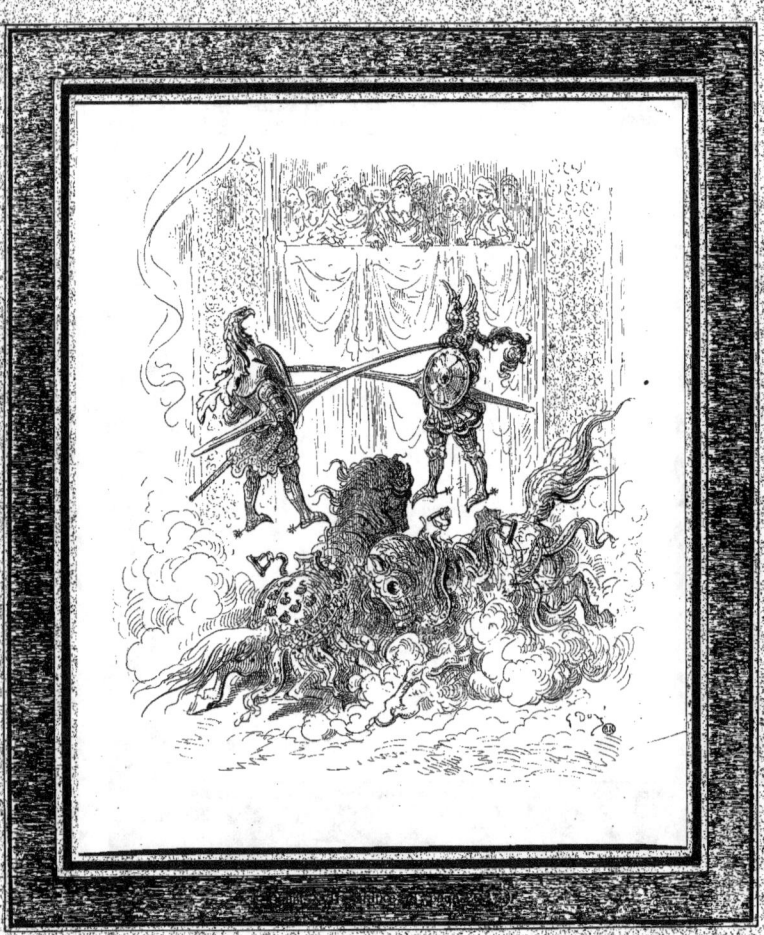

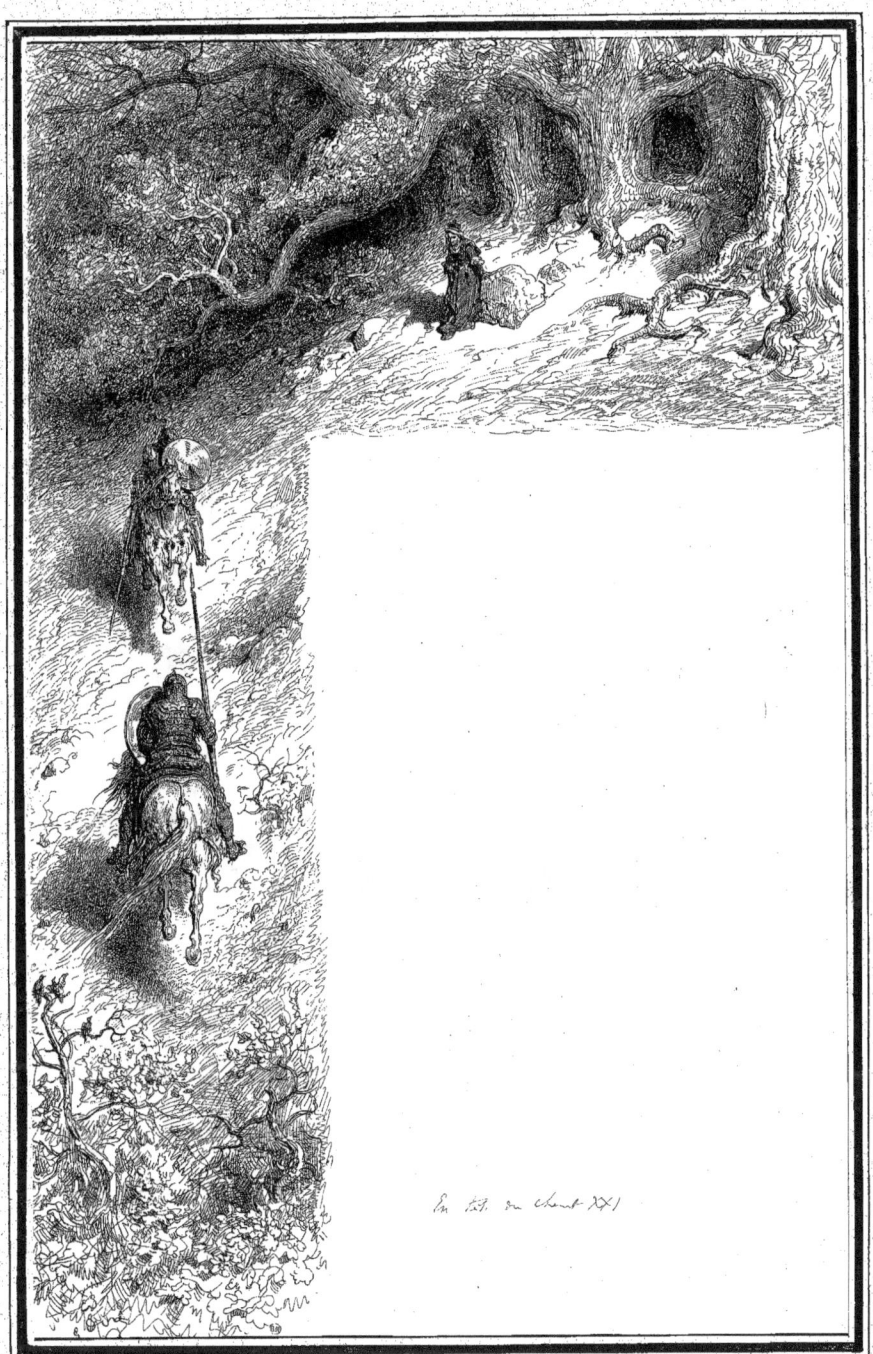

En tête du chant XXI

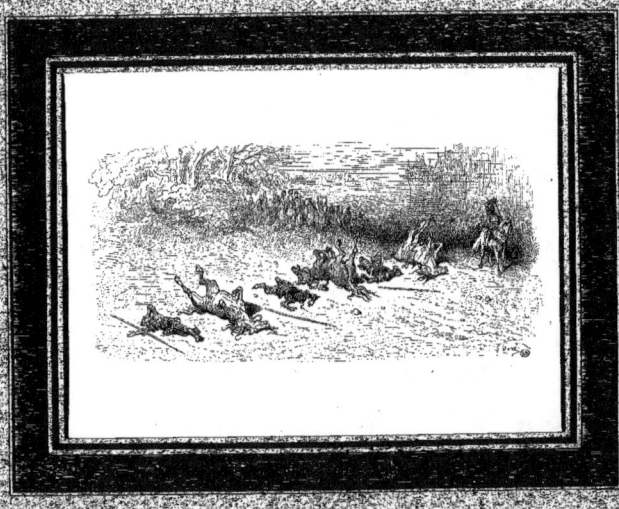

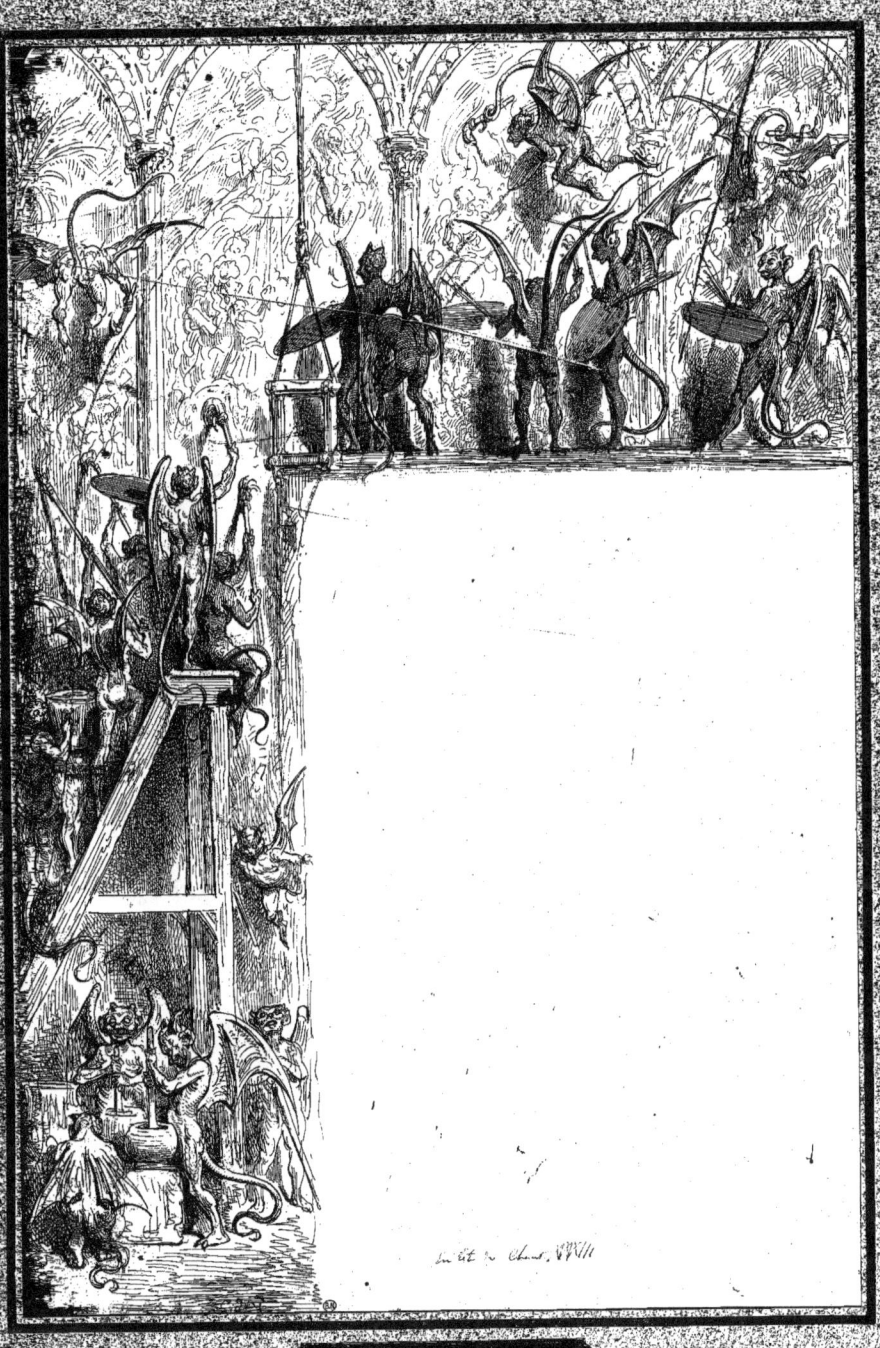

L'Enfer de Dante, XXVIII

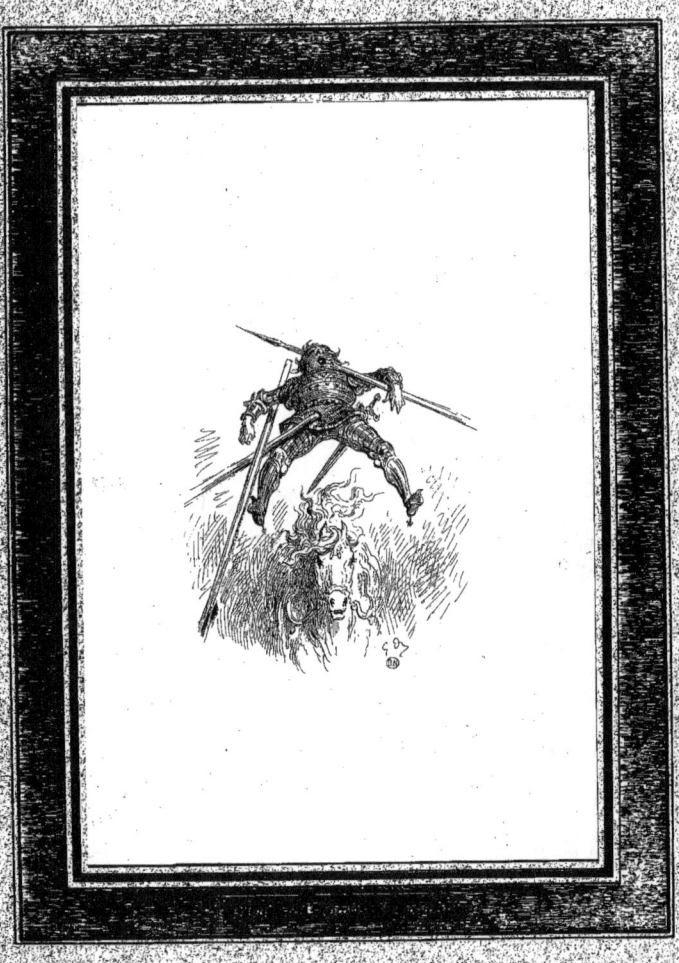

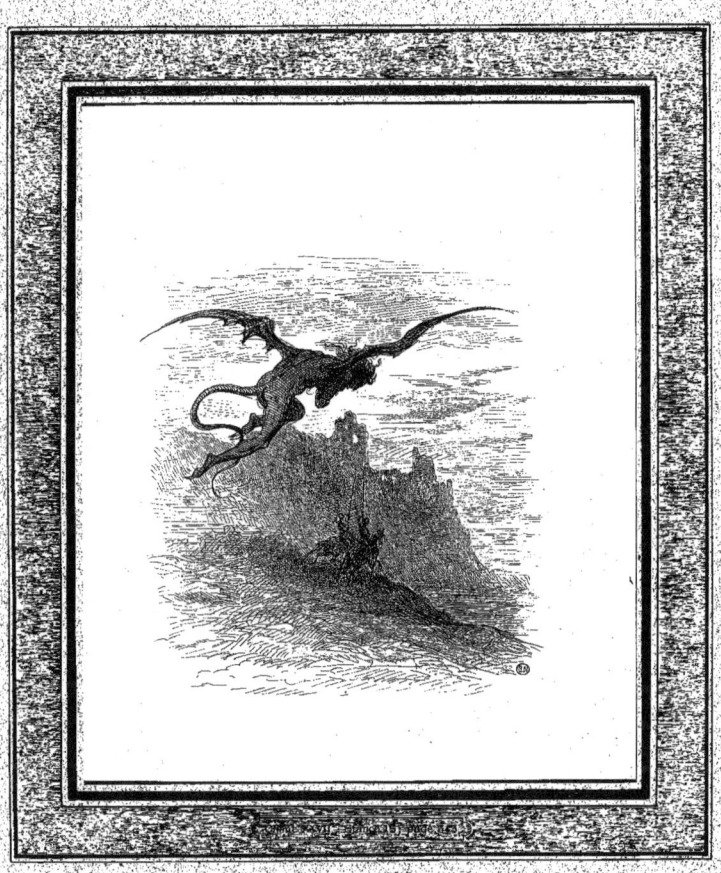

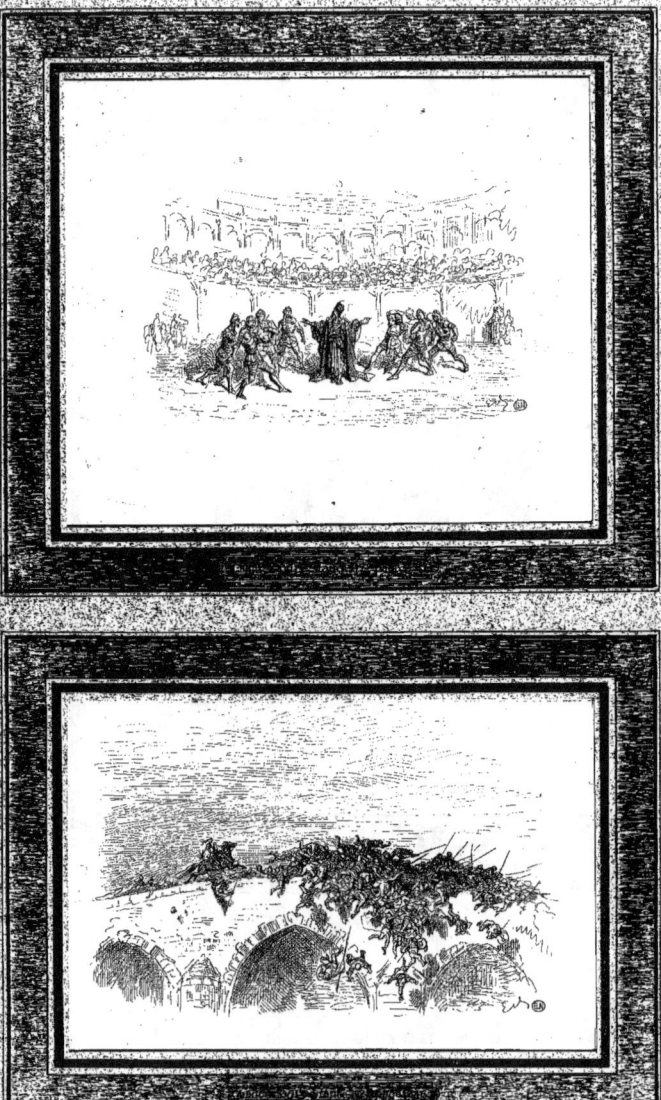

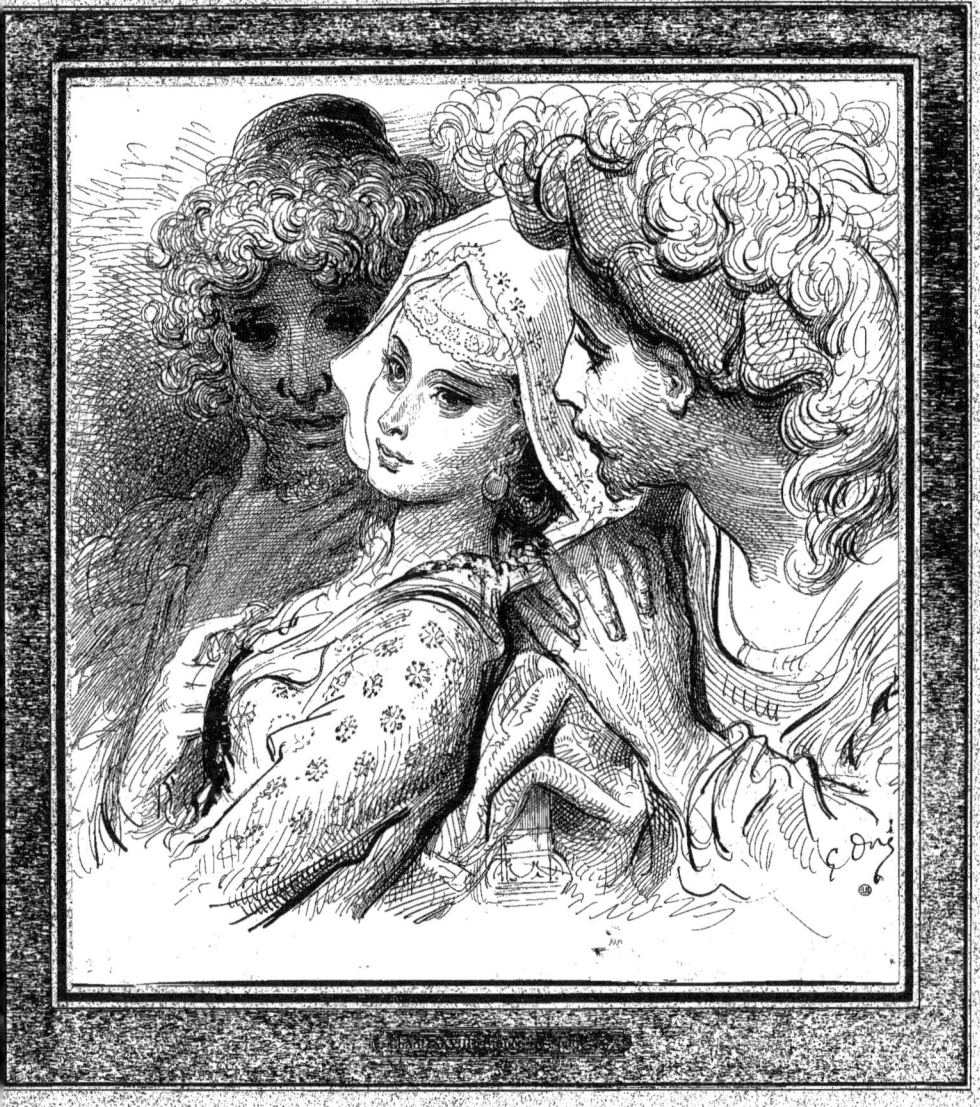

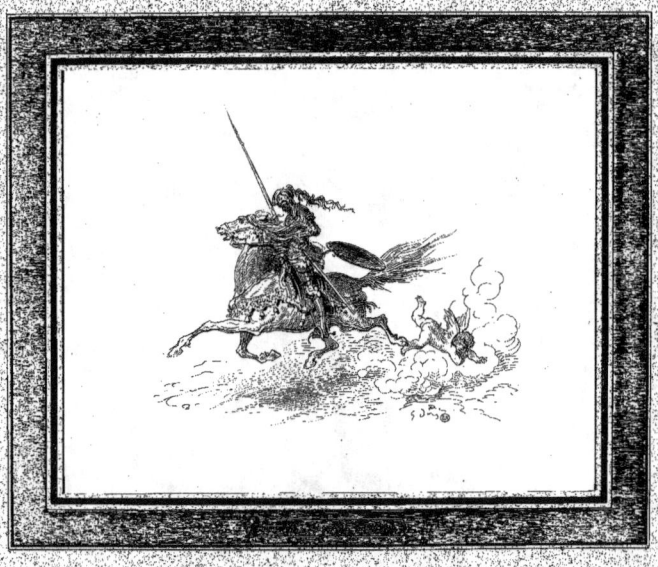

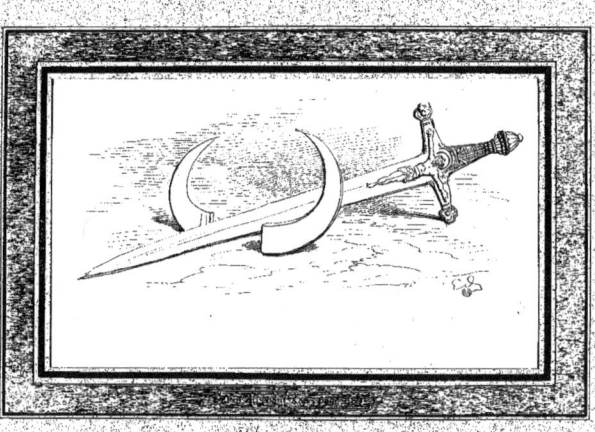

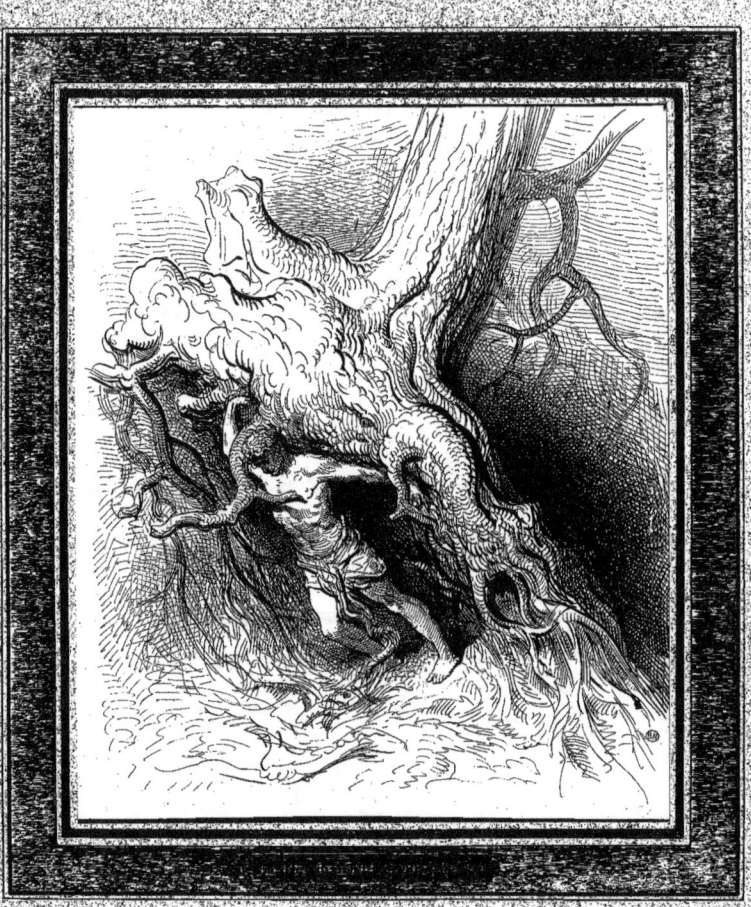

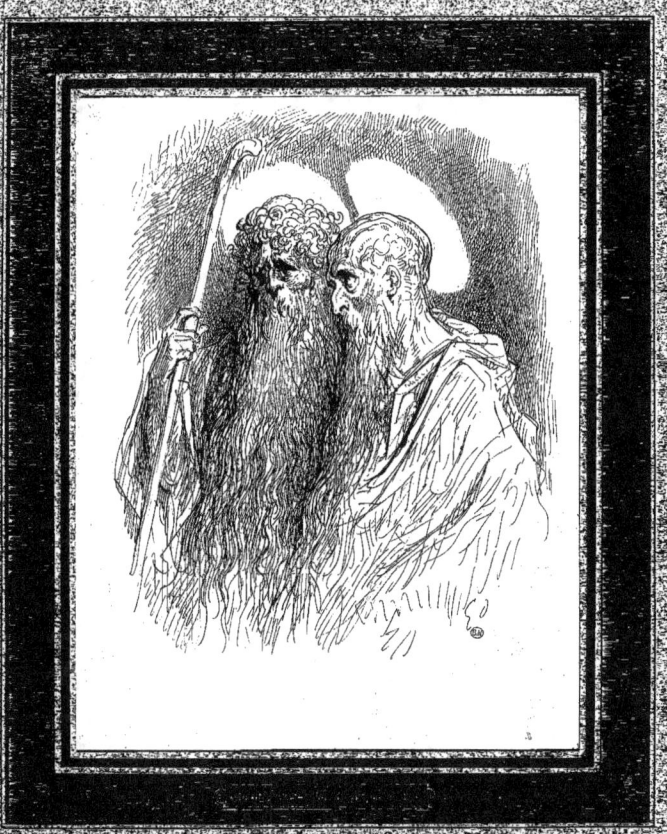

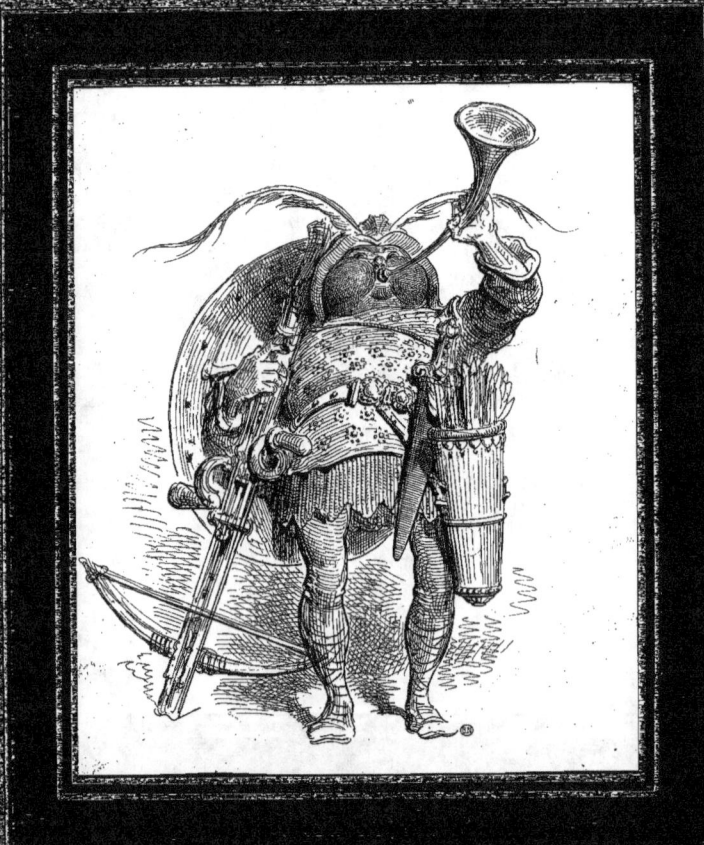

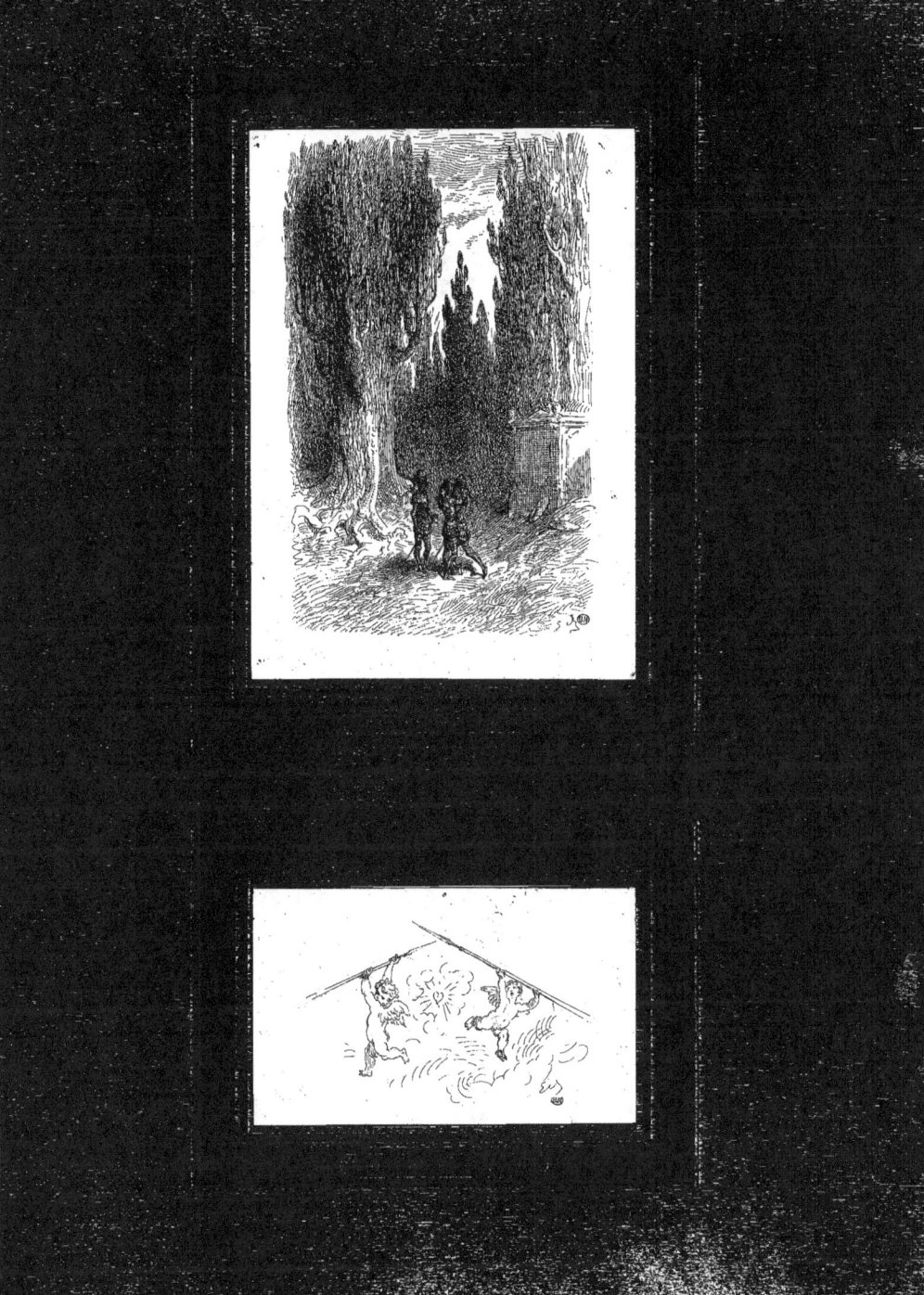

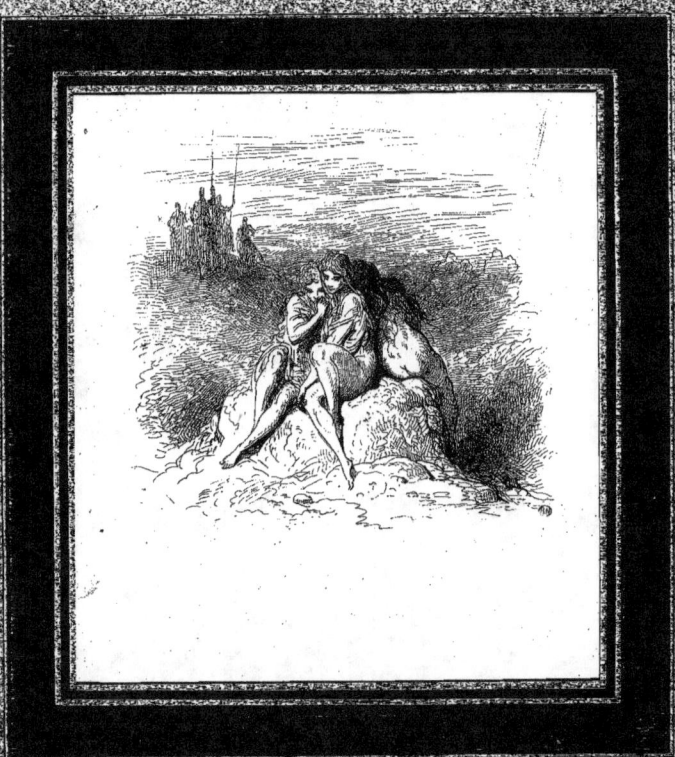

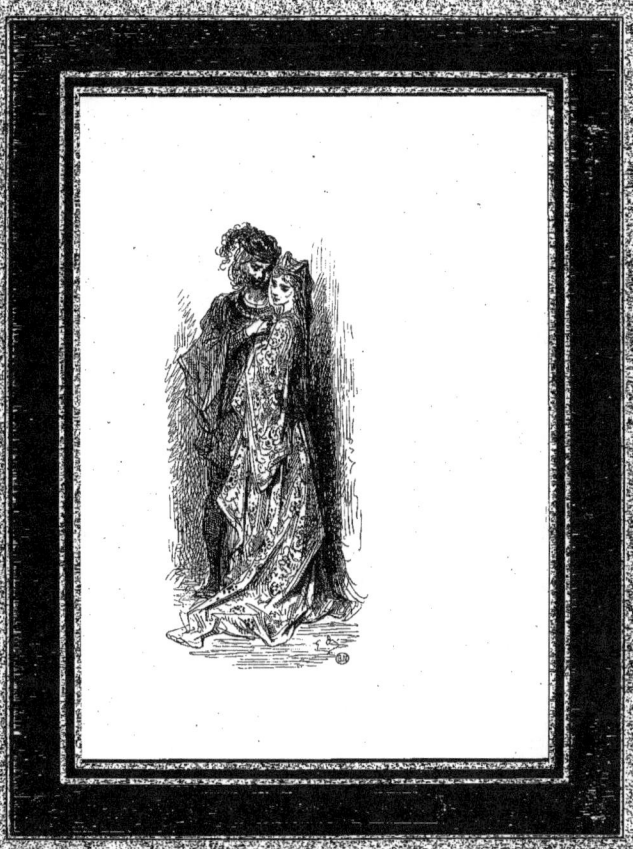

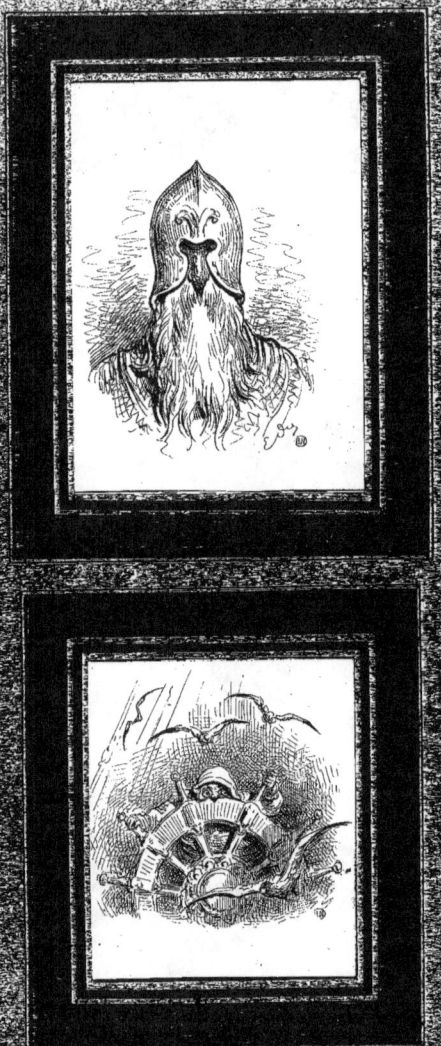

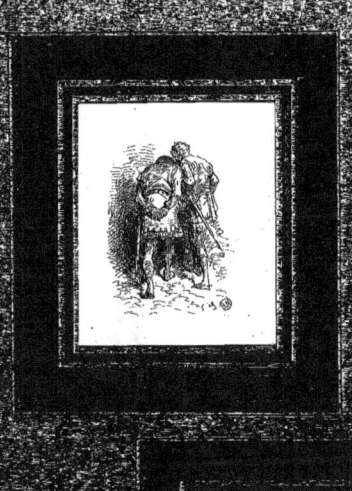

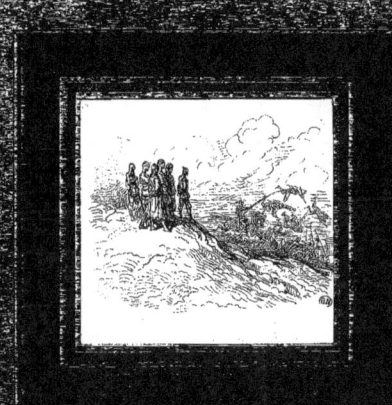

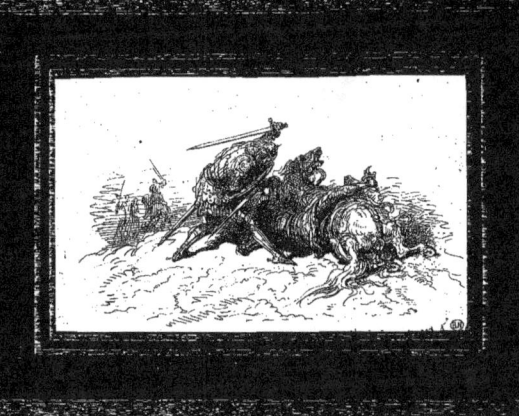

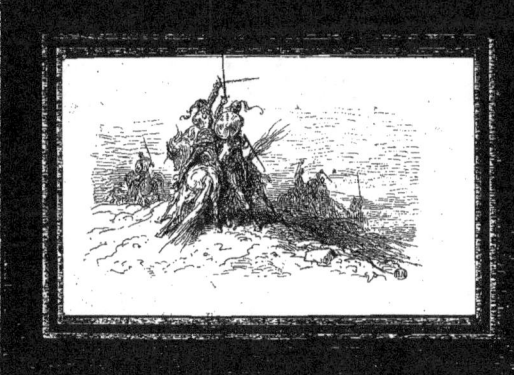

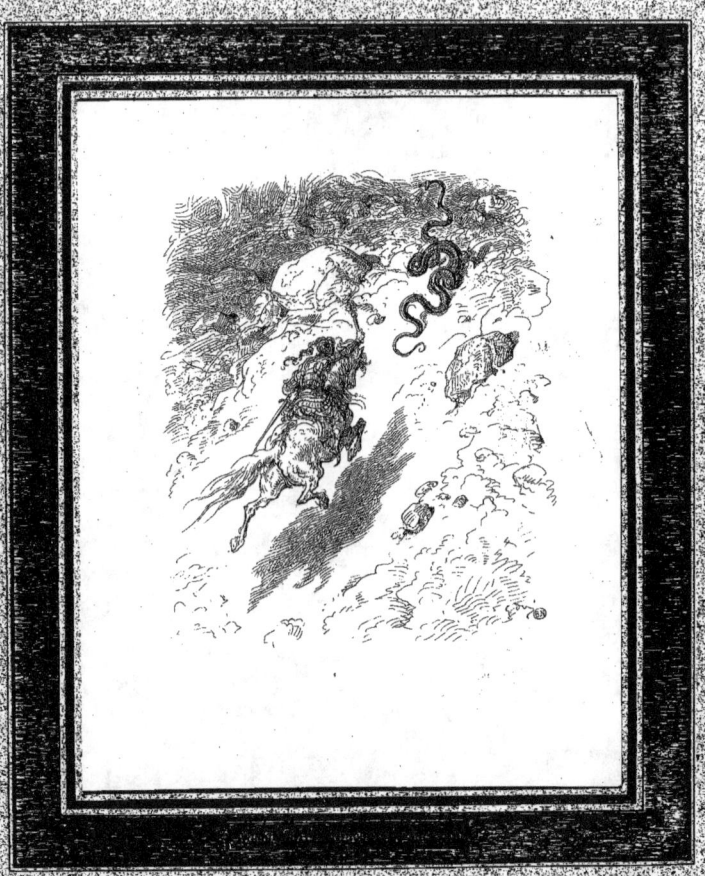

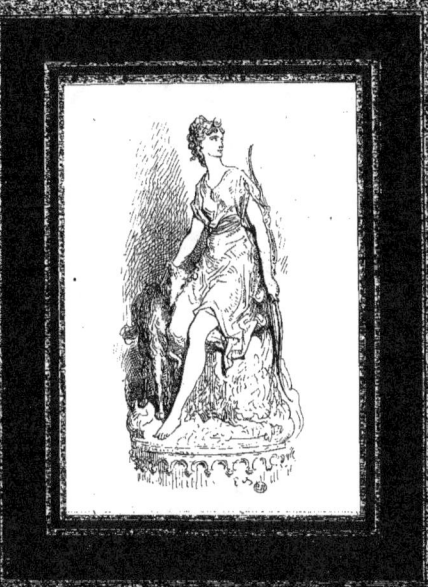

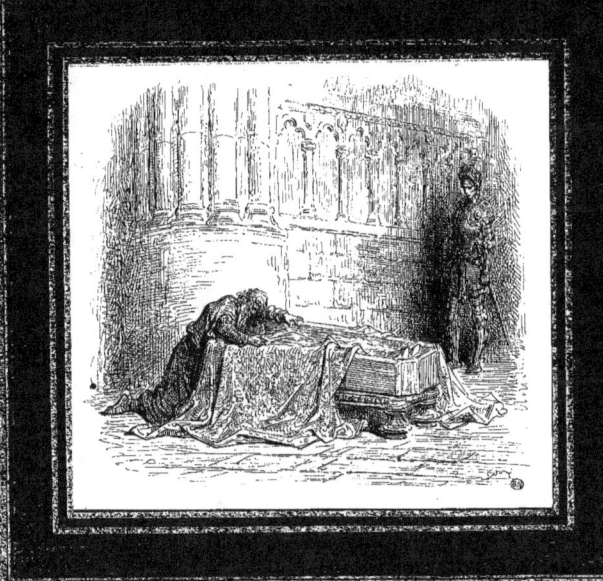

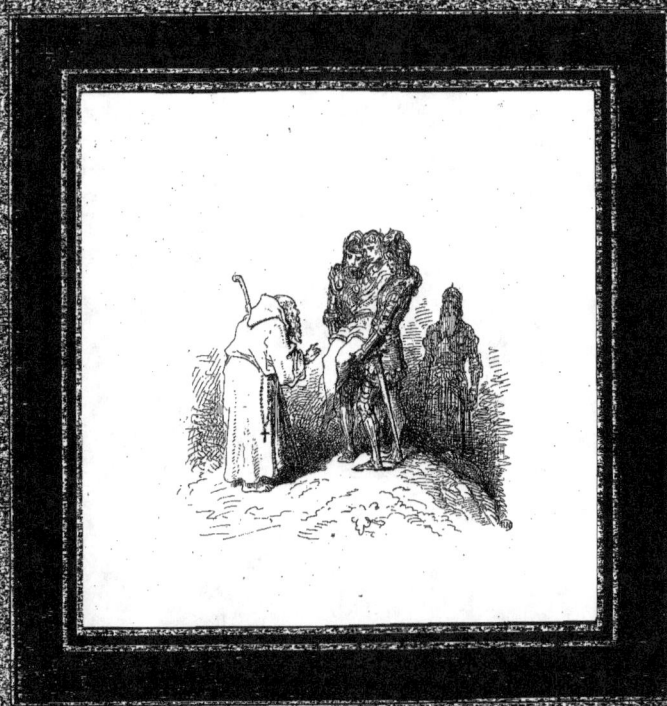

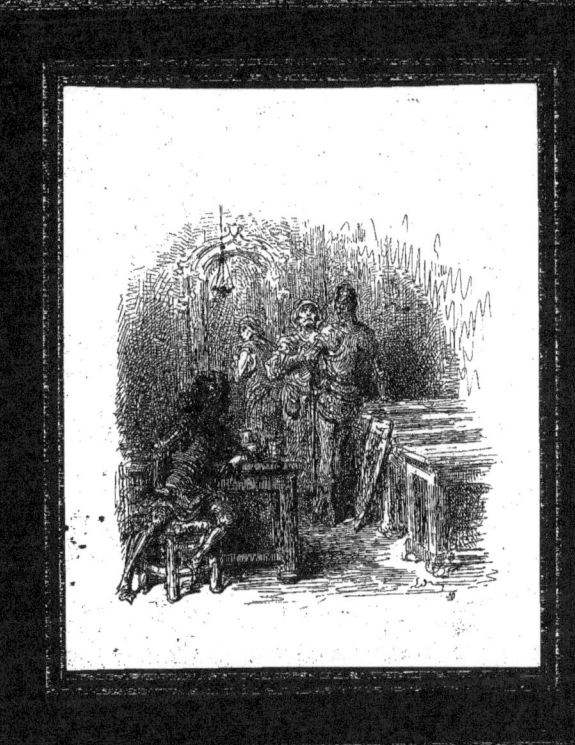

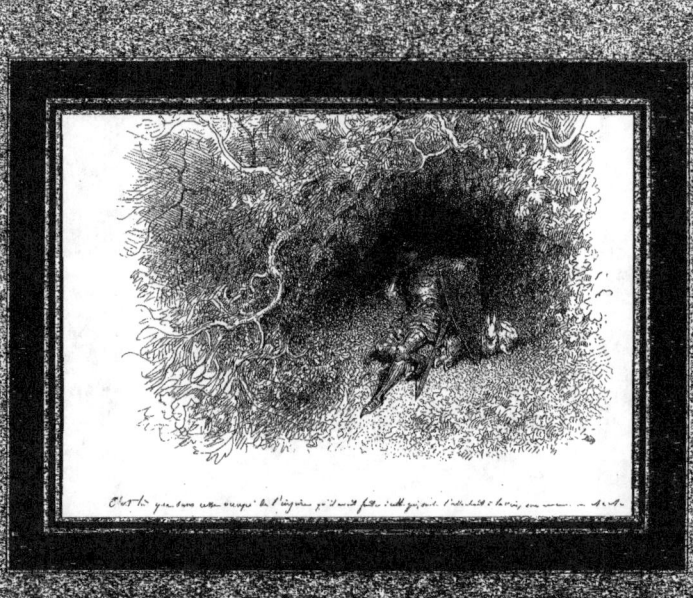

C'est ici que vous vorlez trouper les l'aigu'un qu'il m'vil faits d'all qui vil l'utrilité à lavie, en mon e droite

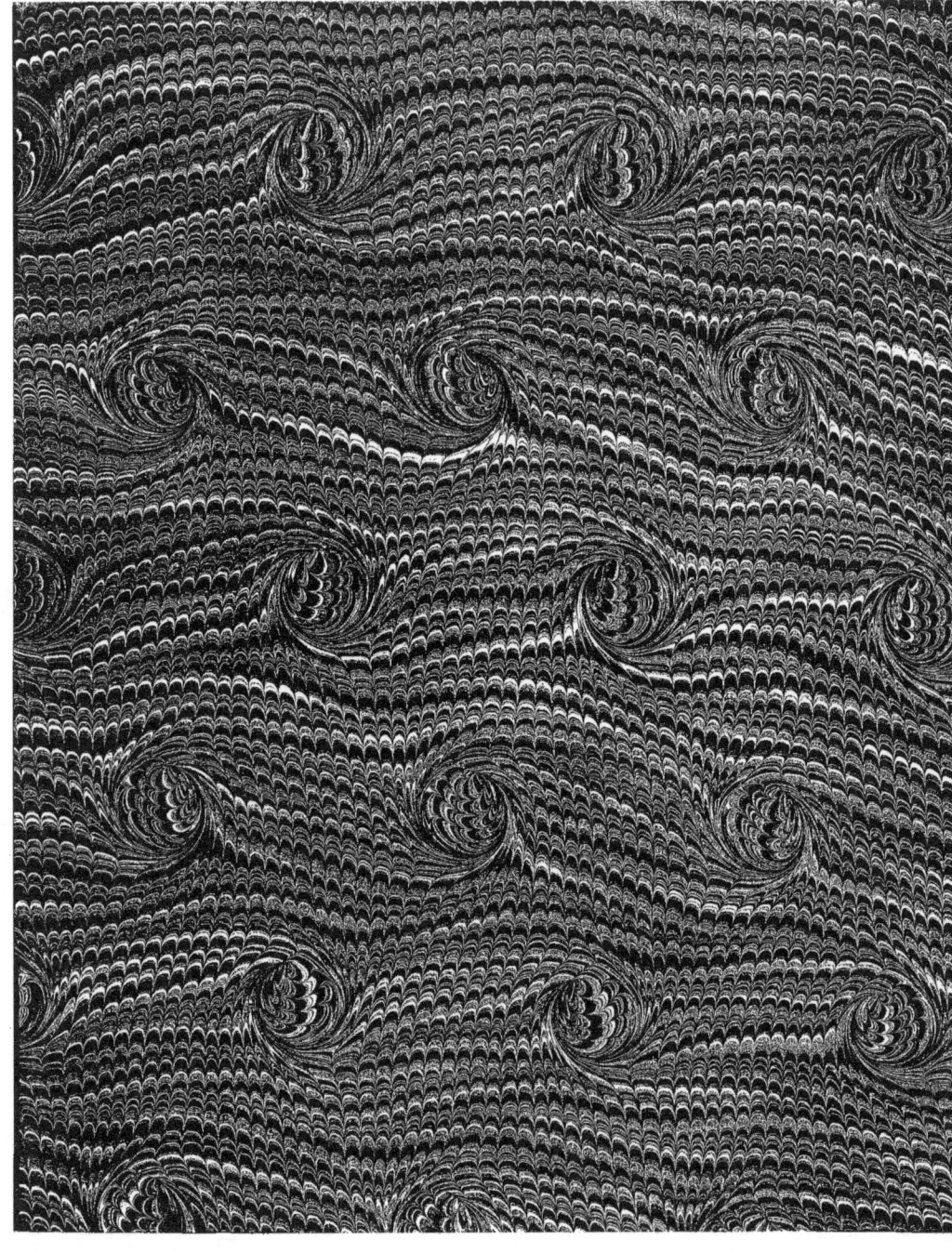

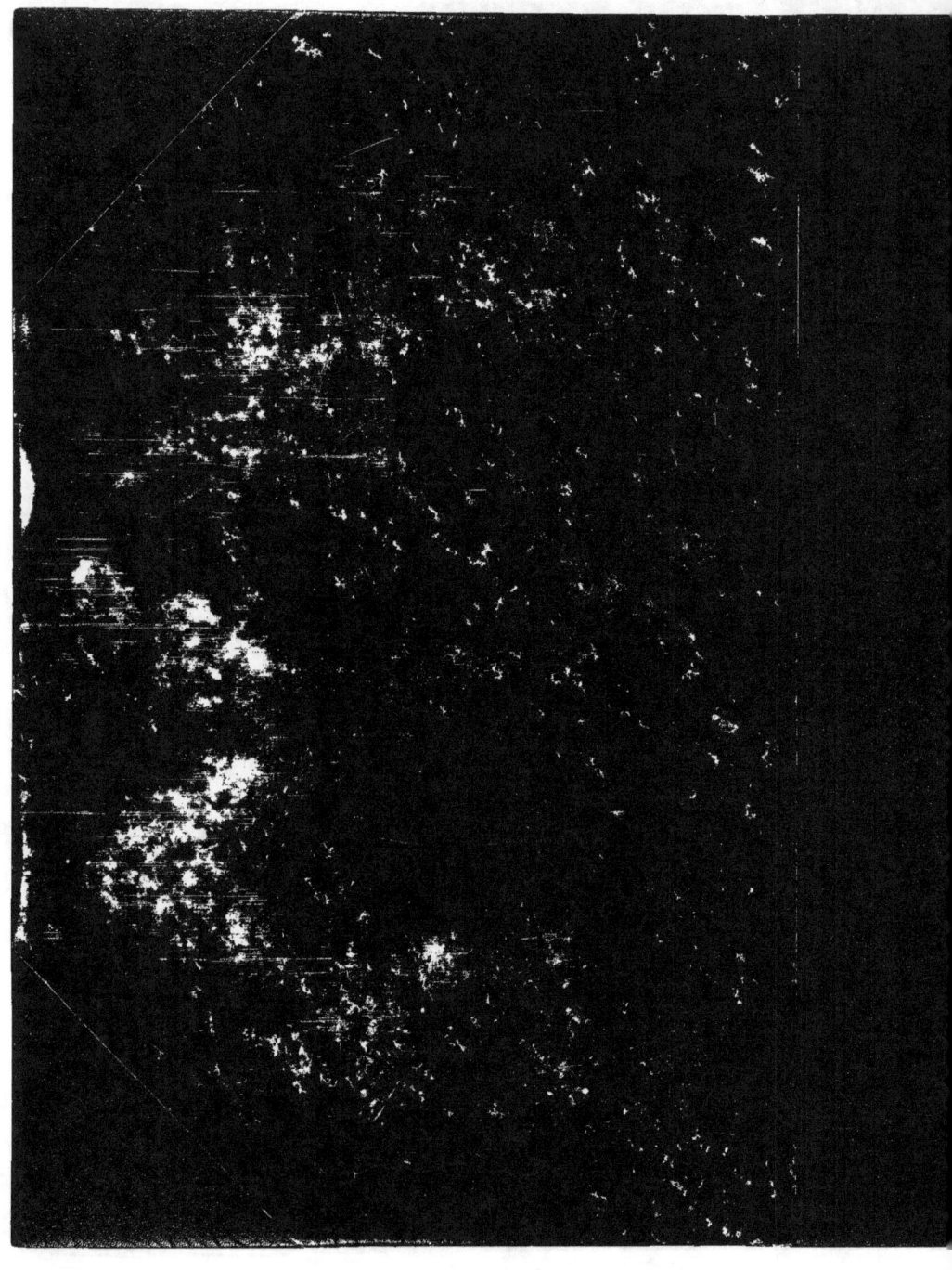